이야기를 그려드립니다

시장과 그 너머의 삶에 관한 인터뷰

이야기를 그려드립니다

김은미 글 · 그림

이야기를 그려드립니다

시장과 그 너머의 삶에 관한 인터뷰

초판 1쇄 발행 2018년 4월 13일
초판 4쇄 발행 2021년 10월 15일

지은이   김은미
펴낸이   박대우
펴낸곳   온다프레스
등록   제434-2017-000001호(2017년 10월 20일)
주소   24756 강원도 고성군 토성면 아야진길 50-3
전화   070-4067-8645
팩스   050-7331-2145
메일   onda.ayajin@gmail.com
인스타그램   @onda_press

ⓒ 김은미 2018
ISBN   979-11-963291-2-9   03810

이 도서의 국립중앙도서관 출판예정도서목록(CIP)은 서지정보유통지원시스템
(http://seoji.nl.go.kr)과 국가자료공동목록시스템(http://www.nl.go.kr/kolisnet)에서
이용하실 수 있습니다. (CIP제어번호 : CIP2018007595) * (사)세종대왕기념사업회의 문화바탕체를 사용하였습니다.

바쁜 현장에서도 이야기를 풀어주신

시장 상인분들께 감사함을 전하며

새벽에 집을 나와 짐을 싣고

장터에 도착하면

제일 먼저 해야 할 일이 천막을 치는 거야.

자다가 일찍 눈을 뜨기 힘들 때가 있어도
먹고살 생각하믄서 발딱 일어나야지.
내가 젊을 때 아침잠이 많았어서 고생스러웠는데
지금이야 익숙해져서 그나마 괜찮아.
나이 먹으니까 진짜 잠도 줄더라고.

푹푹 찔 때는 구경 오는 사람도 없더니
그래도 바람 좀 분다고
많이들 왔어.
오늘은 장사 좀
되겠구만.

집 근처에 마트가 있어도 장날이 되면
나는 꼭 여기 와서 장을 봐.
채소도 산지에서 바로 가져와서 싱싱하고
먹거리도 많거든.
오늘은 열무김치 담그려고 이것저것 샀어.
저 끝집 할머니네서
국수나 한 그릇 먹고 갈까.

그 자리에서 오늘 반죽한 거 밀고 썰어서 끓여야
맛이 있으니께.
옛날엔 혼자서 다 했는디
이제 우리 아저씨가 도와줘서 하나도 안 힘들다니께.
이제 반죽 솜씨는 나보다 낫구먼.

이불장사는 여름엔 잘 안 되지.
그나마 인견이불이 좀 팔리고
솜이불은 추워야 잘 나가.
이쁘지?
그래도 백화점 납품 하는 것들만
가져다놔서
디자인이 다 괜찮아.

원래는 이불납품을 했었어.
그러다가 IMF 때 수금도 안 되고 여기저기 가게들이
문을 닫는 바람에
그때부터 나도 장사를 시작했지.
여기서만 한 20년 했는데
그래도 지금은 애들 다 키워놓고 살 만해.
살아보니 마음 편한 게 몸 편한 것보다 낫더라고.
몸은 좀 힘들어도
큰돈 굴리던 그때보다 마음은 훨씬 편해.
애들 시집 장가 보낼 일만 남았지 뭐.

언니랑 둘이 일하니까 서로 의지도 되고 좋아.

우리 언니 없음 나는 못해.

애네들은 물 자주 안 주고 신경 안 써도 잘 자라.
걱정 말고 가져가서 하나 키워봐.

어릴 때 우리집이 과수원을 했었어.
항상 부모님 일도 같이 돕고
나무 아래서 책도 보고
그래서 우리가 화초를 잘 키우나봐.

우리 자매는 30년 동안 한 몸처럼 일했지.
언니 없으면 난 지금도 암것도 못해.
언니랑 있으면 나는 아직도 어린애야, 어린애.

더운데 차라리 비라도 왔으면 좋겠다.

오늘 뭐 샀냐면

들기름 다 떨어져서 들기름 사고
인견팬티도 몇 장 사고 자색양파 한 바구니 사고
애들 줄 뻥튀기 한 봉지.

이건 만두 찔 때 쓰는 거.
그것도 몰라?

자색양파 3천원

찜보자기 3천원

들기름 5천원

인견팬티 만원에 3장

뻥튀기 3천원

오늘 이만사천원 썼네.

우리 집 식구들 일년 내내 이 집 빤스만 입는데
단골이니까 천원만 더 빼줘요.

딱딱한
복숭아
만원

전어
5,000

염색약
2개
7000원

생선 같은 건 어획량 따라
장 설 때마다 가격이 달라지니까
아이스박스 뚜껑 같은 데 가격표를 써서 걸어.

백년선인장식물원
모란직판장 광주 양벌리921

바지
4천

LP
5천

머루포도
4KG
10,000

엄청매운
청양
1봉
2,000

냉지포도 18.000

대파(小)
1500

장마 끝나서
채소 값이 좀 내렸어.

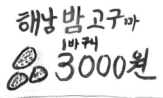

해남 밤고구마
1바퀴
3000원

우리 친정이 해남이야.
엄마가 농사 지어서 보내주신 건데
믿고 사도 돼.

맛채소
7개
홍로애 만원

할머니집

손칼국수	6000
손만두국	6000
떡만두국	6000
비빔국수	5000
감자전	6000

우리 손녀가 무슨 학원을 다녀서 배웠다는데,
글씨도 잘 쓰고 색칠도 이쁘게 해서 잘 꾸며줘.
손재주가 좋아서 이런 걸 잘해.
얼굴도 이쁘지 그럼.
애기 때는 그렇게 울고 떼쟁이라
지 엄마 고생시키더니
이제는 지 할 일도 잘하고 철이 들었다니까.

오늘은 또 뭘 물어보려고 왔어.
에이, 이 나이 되면 먹고 싶은 것도
하고 싶은 것도 별로 없어.
그냥 하루하루 어제처럼 살고
내일도 또 오늘이랑 같은 하루 아니겠어.
애들 하는 일이나 잘됐음 하지.
아들 며느리가 근처에서 식당 하거든.

아, 우리 집사람이 이제 나이 드니까 관절이 안 좋아서
지금 무릎 수술하고 병원에 있는데
며칠 있으면 퇴원할 거야.

산에 올라가서
막걸리 마시는 재미로 살지.

우리 신랑이 몸이 안 좋아 나 혼자 나왔는데,
빨리 나아서 같이 장사 나왔으면 좋겠어.

장사 끝나고
손주 얼굴 보는 게 제일 좋지.

여기 사람들이 내가 탄 커피가
제일 맛있다고 하믄 좋지.

쉴 때는 집에서
드라마 보고 맛있는 거 해 먹고 눌지.
우리가 어디 갈 데가 있나.

누워서 잘 때가 제일 좋아.

애들 공부 잘하는 거,
난 그거 보고 살아.

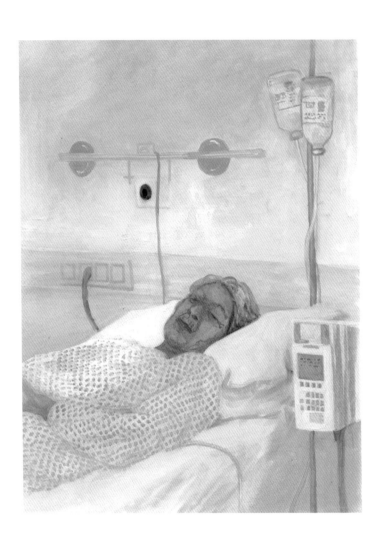

나랑 같이 산다고 평생 일하느라 고생하고
이제 애들 다 키우고 나니 여기저기 아플 일만 있어.
제대로 같이 맘 편히 여행 한번 못 다녔는데.

빨리 퇴원하고 무릎 다 나으면
제주도 구경이라도 같이 다녀오려고.

고맙고 미안한 마음뿐이지.

내가 낚시를 참 좋아해.
그래서 물고기 파는 장사 하는 거 아니냐는 소리도
많이 들었지.

쉬는 날엔 맨날 낚시하러 가서 밤새고 안 들어오고 해서
우리 집사람이랑 많이도 싸웠는데
지금은 물고기가 돈 벌어주니 싫어하지도 못해.
허허허.

몸은 여기서 일하고 있어도
마음만은 바다에 가 있어.

원래는 강아지를 사고 싶었는데
엄마가 안 된대요.
알레르기가 있어서 키우고 싶어도 키울 수가 없어요.
강아지도 안 되고 고양이도 안 되고 토끼도 안 되고…

그래도 물고기는 키워도 된다고 하셔서
오늘 세 마리 샀어요.

애 중학교 가기 전에
가족여행이나 한번 다녀오고 싶어.
왜 보내줄라고?

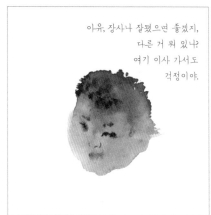

아유, 장사나 잘됐으면 좋겠지,
다른 거 뭐 있나?
여기 이사 가서도
걱정이야.

날이나 빨리 풀렸으면 좋겠는데
겨울이 너무 길어.

끝나고 막걸리 한잔 마실 때,
사랑의 밧데리, 그 노래 틀면 딱이야.

5년은 장사 더 해야 돼. 이 물건 다 팔리믄.
골동품이 아직 컨테이너 하나 가득 있어.
근데, 지난번에도 왔었지?

내가 딸이 다섯인데,
이제 막내만 시집가믄 돼.

이 나이 되면 하고 싶은 것도 없어.
자식들 고생 안 하는 거? 그런 거 빼고 뭐.

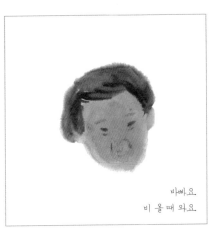

바빠요
비 올 때 와요

로또나 터졌음 좋겠다.

하고 싶은 거?
그런 거 없다.

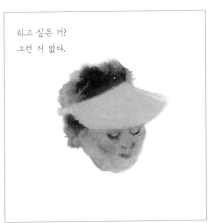

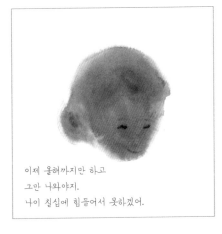

이제 올해까지만 하고
그만 나와야지.
나이 칠십에 힘들어서 못하겠어.

비가 와도 장사는 하지, 그럼.

원피스는 한 벌에 팔천원씩 줄게.

두 벌 사면 만오천원.

여름 지나가니까 마진 하나도

안 남기고 파는 겨.

날도 더운데 뭐러 자꾸 와.

저 짝에 사탕가게 가봐.

거기 언니가 얘기 잘 해줄겨.

계 피 사탕

유가

인삼 사탕

콩 사탕

딸기 젤리

포도 젤리

커피 사탕

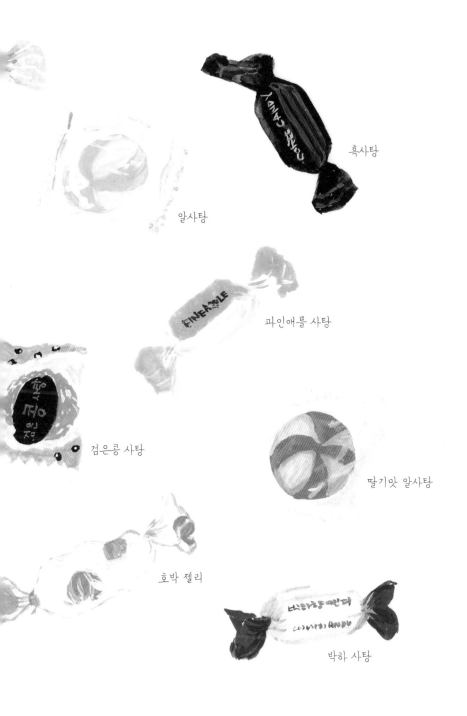

흑사탕

알사탕

파인애플 사탕

검은콩 사탕

딸기맛 알사탕

호박 젤리

박하 사탕

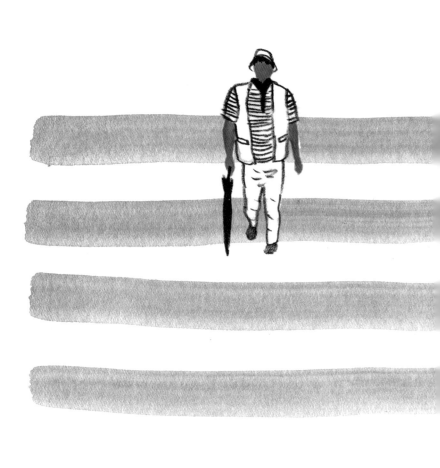

경삼이랑 막걸리나 한잔해야겠다.

아동복만 30년 했어. 놀래긴 뭘 놀래.
여기 장사하는 사람들 기본이 20년, 30년인데.
내가 그래서 애들 옷은 척 보면 알아.

디자인도 괜찮은 것들만 잘 골라서 가지고 오니까
우리 가게는 단골도 많고
젊은 엄마들도 잘 와.

내가 이 장사로 딸 다섯을 키웠어.

원래 아들 낳으려고 욕심내다 보니까
딸만 다섯이 됐지 뭐야.
큰애랑 막내랑 나이 차가 열세살이야.
막내는 큰애가 거의 다 키웠지.

애들 어릴 때는 정말 힘들었는데
크고 나니까 딸이 좋더라.

학교만 보내줬지.
저희들이 알아서 돈 모아서 시집가고 다 했어.
이제 막내만 가면 돼.

시집가서 다 이 근처에 살아.
지금은 셋째네가 들어와서 같이 사는데
애들 직장 땜에
내가 손주손녀도 봐주고 있어.

칠십 평생 애만 키우는 거 같어.
힘들어도 내 낙이고 그게 기쁨이지.

그래서 내가 딸들 옷은
기가 막히게 잘 고른다니까!

오늘은 원래 애들 아빠 등산복 사러 왔는데.
아직 못 샀어.

내 보기에 다 이뻐서 암거나 사도 되겠구만.
지금 삼십분째 고르고 있다니까.

짜증나서 알아서 고르라고 하고
나는 장보고 있었지.

딸 좋아하는 아오리도 사고

시원한 여름 내의도 사고

당근도 사고

파프리카도 사고

저녁에 졸여 먹으려고
고등어도 샀지.

등산복 아직 못 골랐지.
내가 비가 오나 눈이 오나 산에 가는 사람인데
더울 때만 산에 못 가겠어.
그래도 담주에 청계산 가려고
땀 흡수 잘 되는 좋은 거 있나 찾아보는 중이야.

더우니까 눈 내린 겨울산이 그리운 거 있지.

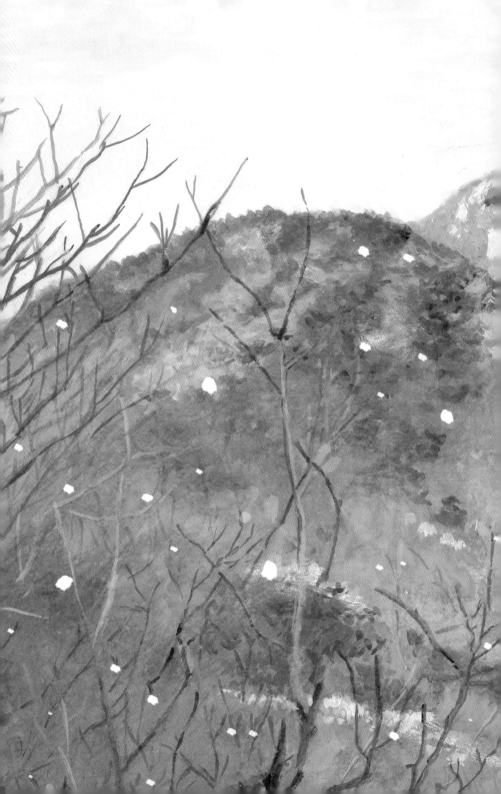

엄마들은 연세가 있으셔서 화사한 게 잘 어울려.
그래서 핑크가 제일 잘 나가.

여기는 사려고 하는 게 딱 있다니까.
내가 물건을 잘 찾는 건지 물건이 나를 잘 찾는 건지.

그 치마 딱 니 끼다.

우리 시장에선 내 커피가 제일 맛있어요.
타 줄 테니까 한잔 마셔봐요.
똑같은 맥심을 누가 따르고 누가 젓느냐에 따라
맛이 다르다니까요.

아이구, 저 아저씨 여기 또 와 있네.
저러면 누가 교회 다니고 싶겠어.

하느님도 예수님도 저런 말 안 하실 거 같은데.

학생, 예수천국 불신지옥 알아?
너 교회 가서 하느님께 회개드려야
천국 갈 수 있다!

아침엔 맑더니 흐려지네.

야, 비 쏟아진다. 뛰어!

비가 장사 끝날 때쯤 내려서 그나마 좀 팔았지.
비 오는 날은 원래 장사가 잘 안 돼.
오늘은 일기예보가 틀리나보다 하고 있는데 쏟아지더라니까.
떨이로 다 팔았으니까 들어가서
애들 엄마랑 소주나 한잔하고 일찍 자야지.

담주에 뭐 하러 또 와. 할 얘기도 없는데.

어릴 적 이야기부터 시작하면 정말 진부할 것 같아서 그러고 싶진 않지만, 결국엔 통속적인 시작을 택해본다. 어렸을 때 나는 조용하고 내성적이고 자기 자신의 이야기를 꺼내지 못하는 아이였다. 속 얘기를 꺼내지 못하는 건 내가 태어나면서부터 가진 기질이었던 듯한데, 말소리를 바깥으로만 내지 않았을 뿐 그렇다고 내 속까지 조용했던 것은 아니다. 항상은 아니지만 내 속도 제 나름 시끄럽고 쨍했던 것이다.

그 뒤로 친구를 사귀고 사회화되면서 유머와 농담 속에 내 이야기를 섞어 표현할 수 있게 되었다. 스스로를 희화화하는 해학적 삶을 실천하면서부터는 굳이 진지하게 내 목소리와 감정을 드러낼 필요가 더더욱 없어졌다. 단순히 '뭐 먹을까?' '어떤 영화 볼래?' 같은 작은 결정의 순간부터 올 겨울 김장의 날짜를 정하는 중요한 스케줄까지, 일단 타인의 의견을 듣고 나서 거기에 나를 맞추는 결정이 편했고 그렇게 해야 마음이 덜 무거웠다.

내 감정을 이야기하기 전에 당신의 감정과 의견을 먼저 듣는 것, 경청의 또다른 이면은 자기방어이기도 하다. 타인과의 부딪힘을 최소화하고 시스템에 익숙해져 있는, 좋은 게 좋은 '위 아 더 월드'가 주는 병폐는 흘러 흘러, 내 작업에 이르러 조용히 그 모습을 드러냈다. 그것은 내가 그림작가로 일한 지 12년 만에 내가 이렇게 눈치가 없던 인간이었던가 싶게 조용히 곁에서 무럭무럭 크고 있었다.

편집자와 디자이너가 함께 하는 회의, 타인의 의견이 반영될 수

밖에 없는 구조적 과정 안에서 그림은 갈 곳을 잃고, 내가 그리고 싶은 장면과 이야기, 캐릭터는 표류한 채 늘 어정쩡한 타협안으로 완성되었다.

자기주도적 작업방식이 아니면 안 되겠다는 12년 만의 직업적 깨달음이 있었다. 또한 똘망한 표정으로 격한 고갯짓을 곁들여 타인의 얘기를 들어주던, 물론 자기방어의 한 면이기도 했지만 결국엔 당신의 비밀의 문을 열고 들여다볼 수 있던 40년간의 나만의 방식이 있었다. 그 깨우침과 노하우를 담아 사람들의 이야기와 목소리를 그림으로 그리는 시리즈를 만들기로 했다. 시리즈라니!

*

어쩌면 이 시리즈의 시작이자 마지막이 될지도 모르는 이 책의 배경은 시장이다. 시장을 유독 좋아해서, 익숙한 곳이어서, 다양한 사람들을 만날 수 있을 것 같아서 시장으로 갔고, 그곳에서 오간 대화들을 풀어 그림을 그리기 시작했다.

엄마 손을 잡고 장을 보러 갔던 곳, 장바구니에 호박이며 가지며 오늘 저녁상에 오를 찬거리들이 차기를 기다리면서, 나의 워너비숍인 미제 물건 파는 좌판에 들러 반짝반짝 투명하게 빛이 영롱한 머릿방울을 하나 고를 수 있는 순간이 오기까지 조용히 내 욕망을 눌러가며 시장 사람들의 풍경을 관찰하고 탐구했던 기억. 김이 모락모락, 커다란 대파가 추욱 늘어질 정도로 푹 익은 쌀떡볶이를

500원어치 사서 배불리 먹고 나면 내가 가진 모든 욕구가 해소되던, 나의 파라다이스의 기억. (정말 갖고 싶은 것, 궁금한 것, 먹고 싶은 것밖에 없던 시절이었다.)

어느새 그때 그 시절 꼬맹이만큼 자란 딸을 키우는 엄마가 된 지금도, 여전히 시장은 내게 그런 곳이다. 특별한 사람들의 특별한 공간만이 행복을 주는 것도 아니요, 특별한 사람들의 이야기만이 서사의 주인공일 필요도 없다는 걸 알아차리게 되어서일까. 이제는 물건을 사는 사람의 심정도 파는 사람의 심정도 헤아릴 수 있는 생활인의 눈을 갖게 된 듯도 하다. 그 눈으로 바라본 시장에서 만난 사람들의 이야기. 나의 연작은 이렇게 시작된다.

2018년 3월
김은미